2022
中国少数民族
文学之星丛书

# 落下来

黄 芳 著

作家出版社

图书在版编目（CIP）数据

落下来 / 黄芳著 . -- 北京：作家出版社，2022.11
（中国少数民族文学之星丛书·2022 年卷）
ISBN 978 - 7 - 5212 - 2004 - 9

Ⅰ. ①落… Ⅱ. ①黄… Ⅲ. ①诗集 - 中国 - 当代
Ⅳ. ①I227

中国版本图书馆 CIP 数据核字（2022）第 162401 号

## 落下来

作　　者：黄　芳
责任编辑：史佳丽　李亚梓
特约编辑：赵兴红
装帧设计：孙惟静
出版发行：作家出版社有限公司
社　　址：北京农展馆南里 10 号　　　　邮　　编：100125
电话传真：86 - 10 - 65067186（发行中心及邮购部）
　　　　　86 - 10 - 65004079（总编室）
E - mail: zuojia@zuojia.net.cn
http: // www.zuojiachubanshe.com
印　　刷：唐山玺诚印务有限公司
成品尺寸：152 × 230
字　　数：33 千
印　　张：11.5
版　　次：2022 年 11 月第 1 版
印　　次：2022 年 11 月第 1 次印刷
ISBN 978 - 7 - 5212 - 2004 - 9
定　　价：45.00 元

# 编委会名单

主　任：邱华栋

副主任：彭学明　黄国辉

编　委：刘　皓　赵兴红　翟　民　党然浩

# 以民族的情意，打造文学的星辰

## ——"中国少数民族文学之星"丛书总序

邱华栋　彭学明

　　"中国少数民族文学之星"丛书是中国作家协会少数民族文学发展工程的一个新项目，于2018年开始实施，由中国作家协会创作联络部具体组织落实。出版"中国少数民族文学之星"丛书的目的，是重点培养少数民族文学中青年作家，打造少数民族文学精品，为那些已经在少数民族文学界和全国文学界成绩斐然、广有影响的少数民族中青年作家再助一力，再送一程，从而把少数民族文学最优秀的中青年作家集结在一起，以最整齐的队伍、最有力的步伐、最亮丽的身影，走向文学的新高地，迈向文学的高峰，让少数民族文学的星空星光灿烂，少数民族文学的长河奔流不息。以文学的初心，繁荣民族的事业；以民族的情意，打造文学的星辰。

　　入选"中国少数民族文学之星"丛书的作家，必须是年龄在50岁以下的、在少数民族文学界和全国文学界广有影响的少数民族作家。不管是否出版过文学书籍，只要其作品经过本人申请申报、各团体会员单位推荐报送、专家评审论证和中国作协书记处审批而入选的，中国作协将在出版前为其召开改稿会，请专家为其作品望闻问切，以修改作品存在的不足，减少作品出版后无法弥补的遗憾。待其作品修改好后，由中国作协统一安排出版，并进行广泛的宣传推广。

中国是一个多民族的大家庭。每一个民族都沐浴着党的民族政策的光辉、感受着党的民族政策的温暖，都在党的民族政策关怀下，蓬勃发展，欣欣向荣。在这个伟大的新时代，我们正创造着中华民族的新辉煌。每一个民族的发展与巨变，每一个民族的气象与品质，都给我们提供了生生不息的创作源泉。我们每一个民族作家，都应该以一种民族自豪感，去拥抱我们的民族，以一种民族责任感，为我们的民族奉献。用崇高的文学理想，去书写民族的幸福与荣光、讴歌民族的伟大与高尚，以文学的民族情怀，去观照民族的人心与人生、传递民族的精神与力量。

我们期待每一位少数民族作家，都能够到火热的生活中去，到广大的人民中去，立心，扎根，有为，为初心千回百转，为文学千锤百炼，写出拿得出、立得住、走得远、留得下的文学精品。不负时代。不负民族。不负使命。

# 目 录

# 黄芳: 从散文诗到诗

荣光启

## 一

　　黄芳的写作, 初以散文诗为佳, 广西文学界对此普遍认可。众所周知, 散文诗是一种介乎散文与诗之间的文体, 它本质上是属于诗, 需要诗的感觉和想象方式, 但它又保留了散文的一些细节性的特征, 又比诗少了一点受"凝练"等美学要求的束缚, 多了一点展开情思的自由。散文诗写作的难度是显而易见的。事实上, 散文诗比诗更难写。尤其在今天这样一个许多人看不起散文诗的时代, 要将散文诗写得多数读者比较认可, 实属不易。从这个角度, 我觉得黄芳写诗的起点是相当高的。当这样一位写作者, 有一天以她多年来在散文诗中操练出的娴熟技艺来写诗, 其变化之快和取得的不俗成绩, 亦在大家意料之中。

　　　四月的到来和消失,
　　　一滴泪的过程。
　　　多余的雨水、虚情与假意,
　　　蔓延于整个季节。

其中漫长的隐忍、向内的伤痛，
谁能比我更加清楚？

被雨水背叛的天空，
是一张灰黑隔世的绸。
在黄昏，在风的上方，
它的光滑和潮湿覆盖一切。
而在暗流开始的午夜，
它破裂，漏下泪水，
打散某个人独自的梦。

"一个人就是一个破败的神祇。"
谁的声音高过教堂的尖顶？
在四月，在多余的雨水中，
一只方向不明的飞鸟，
在高高的枝头说出真正的故事，
说出绸背面飘忽的影子。

而浮尘中的轻佻——
那白天和黑夜浓淡不一的糖，
让树枝挂满雨水，让飞鸟下坠。
让四月的形单影只、白纸上的倾诉，
以及默默打开的日记本，
显得凭空而来的可笑。

哦，四月的到来和消失，

一个季节蔓延的灰暗和谎言，

一只飞鸟的坠落和呜咽，

一朵花、一滴泪的开放和凋零……

我该如何说出，

其中的漫长和悲伤？

　　　　　　　　　　　　——《四月的到来和消失》

　　这首写于 2000 年左右的诗，曾被大家经常举荐。诗人写的应该是南方连绵不绝的雨及雨水中人的芜杂情丝。诗的语词相互之间非常和谐，境界比较单纯：泪水，雨水，天空，人的悲伤……不过在我看来这"单纯"可能是一种技艺，一种艺术形式，与之对应的就是一种四月里的人的潮湿的心、一种在某个季节里特别复杂又难以说清的心情。它的到来与消失和这个季节一样，可以感受，却不能言说。诗歌就成了这样一种复杂情愫的艺术象征。它貌似四月的天气，单纯、和谐，却是无数疼痛的经验的外在显现。"雨水""泪水""潮湿""糖"等意象使诗的境界读来宛如行在南方的雨巷或蜗居在发霉的室内。诗歌使"四月"这一在现代诗里经常被抒写的"残忍的季节"，呈现出一位女性诗人所具有的新鲜感受。

## 二

　　黄芳是一个平静的人，外在上是安静地为人处世，内在上是淡观世事，在诗歌写作中则是一个对时间河流消逝说出隐喻的凝望者——只有一个内心清净的人才能如此倾心地关注时间。她诗歌里直接地写时间的作品非常多。出于内心的敏感和感叹人的爱的易逝，黄芳在这些作品寄托着对人心、世事的容易改变的感伤。对时间的凝望与吟咏使她的诗具有一种纯净的特征，但这种纯净不是"简单"可以描述的：她将主体复杂的情感经验隐藏在对时间流逝的叙述中，不一味追求情思的复杂表现而使诗歌的风格变得紊乱，尽量使人的情感经验融化在不生硬的意象中：

三月，万物在雨水中生长。
而我无法看见，
这绿的木叶这红的花瓣。
看不见等待的某个人，
突然地奔跑起来。
——三月，雨水中的人和事，
离我那么远，那么暗。

"恨用去了一半时光
爱用去了另一半。"
……三月，
桃花边开边落。
红的白的，隐语遍地。

桃花、桃花，
——最世俗的人面。
去年远离的那朵，
迟迟不回。

一月又二月，二月又三月，
漫长的悲伤。

而我不能说出这悲哀。
在春天，在三月的大雾中，
我与失散多年的亲人，
迎面错过。
——就是这样。
大雾弥漫的三月，
在我来不及转身的拐角，
遇上终生的别离。
风还很大，还很冷。
我在旧棉衣和红手套里沉默不语。
呵，是的——
沉默的三月，我无法期待，
一张潮湿的脸庞开满鲜花。
无法期待，
某个人温暖的泪，
悄悄地充满了我的眼眶……

　　　　　　　　　——《春天，三月》

　　这首诗也写于 2000 年左右。和那首写"四月"的诗一样，插入
"'一个人就是一个破败的神祇。'／谁的声音高过教堂的尖顶？"这种画
外音，使诗凝冻的画面生出了一个新的意蕴空间。"恨用去了一半时光／
爱用去了另一半。"尽管是引用别的诗人的话，但引用得恰到好处，在

具体的情景描述中突出冒出一句相对抽象的感叹，使分散的情思在这里凝聚起来，突出了"我"内心复杂的感受。"桃花、桃花，/——最世俗的人面。/去年远离的那朵，/迟迟不回"，则是巧妙地转述了古典诗的意境，放在诗歌整体当中，增强了诗局部的隐喻深度。"风还很大，还很冷。/我在旧棉衣和红手套里沉默不语……/一张潮湿的脸庞开满鲜花"，无论是"红手套"还是"开满鲜花"的脸庞，都是在"人"与"桃花"之间建立隐喻的连接，力求深刻又不张扬地表达主体在"春天，三月"这种"抽象"季节里的多种情愫。看起来是"纯净"的风格，事实上透露着诗人在现代的个体经验与古典的诗词意境之间的独具匠心。

之所以引用黄芳更早期的作品来阐述，是因为我其时也在桂林，常与桂林诗友们聚会畅谈文学艺术，也算是黄芳那个时期诗歌作品的"在场见证者"之一。

## 三

散文诗写作对语言和意境的高要求，使黄芳的诗歌素养也非同一般，她写诗有一种语词选择和意境营造的艺术自觉，她的目标是创造那具有个人特征的诗境。随着年岁的增长，随着诗人观察世界的方式的变化和生活感受、阅读感受的开阔，她的诗也在发生变化。她近年来的诗作，给人一个明显的印象是：篇幅短了，但细节仍在；开始广泛运用口语，但情感之深切仍在；语言更精练了，而感觉、经验和想象诸方面则更深邃了。

每一个孤独的人
是否都渴望跟一只海豚亲近

抚摸它调皮的尾巴

任由它天真的嘴在脸上

蹭来蹭去

当黑夜来临

它一个转身，就把你

驮入深海

——《深海》


此刻，暮光中的小花猫

几乎是静止的

只有尾巴和耳朵偶尔动一动

仿佛记忆的大海

在搅细浪

——《暮光中》


多少个黄昏

她坐在高高的台阶上

看暮色一层层压下，铺开

红衣裳的人上来了

绿衣裳的人下去了。巨大的灰袍

被风鼓起

像多余的骨头，沉重又雀跃

终于，路灯依次亮起

树木、房屋、人群落下长影子

这多余的折叠，交错

仿佛人间神谕

——《黄昏》

这几首诗都有类似的特征，尽量让画面说话，作者的情感始终在克制。但每一首诗在结尾之处，都让人出乎意料、意味深长。"当黑夜来临／它一个转身，就把你／驮入深海"，倾诉孤独的人，似乎从此孤独更深。几乎是静止的"暮光中的小花猫"，它身上偶尔的轻微的动，"仿佛记忆的大海／在搅细浪"。平凡的日常生活场景，对应的人深海般的内心，故小小的人间动静，也能如"大海／在搅细浪"。

作者的抒情是不动声色的，但平静的叙述中却表达了很多。《黄昏》中的"她"只是观看者，只是在最后一句感叹："……长影子／这多余的折叠，交错／仿佛人间神谕"，为何是神谕？作者将之留给读者去揣摩。较之于过去的诗，黄芳现在的写作更为精练、含蓄，作为艺术品，这更耐人寻味。

早上八点，她被推进手术室
三十六岁，已婚，未生育，子宫内膜癌
这是她病历本上简短的关键词
六个小时后
手术室沉重的大门缓缓打开
她身上缠绕着引流管，导尿管，血压带
输氧管，输液管，胰岛素泵
她似乎比早上沉了很多，似乎
无影灯下的切除术
不只摘走她的子宫和卵巢

还灌满了未知生活的铅，石头和玻璃

　　　　　　　　　　　——《霜降》


他们面对面坐着

黑夜漫长

风吹来，他们举起手中的酒

喝一口

雨落下，他们又喝一口

偶尔她只言，他片语

说人世长，雨夜冷

酒杯空了又满，像一种安慰

却不可安慰

终于，她哭了

"我没有父亲了。"

"我也没有父亲了。"

瞬间雷声轰隆，万物喑哑

闪电划开夜空时

世界惨白

世界惨白像一个没有父亲的孩子

　　　　　　　　　　　——《喑哑》


　　这两首诗有相似之处，皆为口语化的叙述，让画面、故事和人物来说话，只是在诗作最后，有一点抒情。何为"霜降"？这轻描淡写的节气，对应于一个女人身体里的创伤（"……不只摘走她的子宫和卵巢／还灌满了未知生活的铅，石头和玻璃"），轻重之间，表达出作者对女性命运的深度关切。《喑哑》也可以是一个短篇小说的内容，但作者以诗的形式来呈现，场景、人物与对话极为简练，最后的情境之想象非常重要（"瞬间雷声轰隆，万物喑哑／闪电划开夜空时／世界惨白／世界惨白像一个没有父亲的孩子"），这个想象也有黑夜闪电之效，霎时将"世界"之真实彰显出来："世界"亦如是，"没有父亲"。

黄芳的诗，在寻求、变化中越来越走向一种风格的确立，我对她未来的作品充满期待。


（作者为武汉大学文学院教授、博士生导师，中国诗歌学会学术委员会委员）

# 咔嚓咔嚓

## ——致弗吉尼亚·伍尔夫

"我要为自己买些花。"

穿过伦敦第十大街

有一家花店

不一定都是玫瑰，但要有几朵

尚未盛开

一定要在清晨，用旧报纸包起

咔嚓咔嚓跑过积雪

咔嚓咔嚓

你在打字机上敲下属于自己的房间

敲下玻璃、窗棂，以及栅栏

你耽于幻想

用文字试探命运的深浅

偶尔表演一出哑剧，当众撕破

纸糊的战舰

作为反讽，你造于地下室的纸上建筑

则集中了世界上最硬的骨头

而你灵魂的光芒却禁锢于沉重的阴影

——死亡，战争，无法治愈的暗疾

"我不小心掉进河沟里了。"

穿过伦敦第十大街

有一条河流

古老，汹涌，如同预言

你留下悼亡书，脱掉沉重的黑外套

走向三月凛冽的河水

咔嚓咔嚓

你口袋里的石头在撞击着手杖

# 杀死一只知更鸟

玻璃是透明的

那个早上
知更鸟正在树上歌唱
一阵突然的风暴把它拽下来
用力按到玻璃上
逼它认下一条又一条莫须有的罪行
一生只知道唱歌的知更鸟
眼睁睁地看着玻璃另一面的自己
扭曲，喑哑，窒息，羽翅
断折

玻璃是易碎的

全身贴满了污名的知更鸟
被锋利的碎片刺伤
嗜血的乌合之众蜂拥而上
把它倒挂于枝丫，一边舔它的血，一边
对它发出卫道者的羞辱和唾骂

在狂欢的阴影中
一只生着倒钩的手拍了拍仅剩骨头的
知更鸟："只怪你一身透明，
像刚刚出厂的玻璃。"

# 镜 子

在十月
在山毛榉随风摇晃的夜晚
我想起你

想起那个夜晚
人们疲惫地走下渡轮，离开陌生岛屿
凉风阵阵，众声喧哗
只有我为一枚硕大的月亮哭泣，只有你
听见了我的哭泣

无数个十月
随着火车咔嗒咔嗒地到来又远去
在小镇站台，只有你
手拿我童年的橘子
只有你挥着双手像稻草人被风吹动

有时，生活一地鸡毛
甚至命运的缝隙里也罩满蛛网
只有你，与我相遇于梦想的微光中

惊讶，犹疑
像一个盲人，突然看见
镜子里的自己

# 雨中的葬礼

送行的队列在雨中起伏
经过栅栏，绕过水洼

灰鸟在鸣叫：安息吧。

雨水打在悼词上，成为哀乐的一部分
这雨中的队列
有人走过它，缓慢沉重
有人掠于瞬间
如同所有逝去的悼念

安息吧，带着瓶中的祷辞。

# 自画像

从十二岁开始
你带着她离开故土温室
成为住宿生

漫长的住宿生涯
信笺是迷海里的唯一灯盏
你带着她
站在岔路口等待邮差像等待
绿色的灵魂

绿色的灵魂是一件衣裳
你让她穿着
命运之炉熬着疾苦也熬良药
她曾给软骨头加上钢钉，也曾对硬骨头
垂下头颅

她垂下你的头颅
向十二岁以来的时光深深致意
不打搅长满青苔的隐秘角落，也不抖落

玻璃上的斑驳光影

是时候转身往回走了
你要带着她
带着这张塞满记忆的旧邮报

# 喑 哑

他们面对面坐着

黑夜漫长

风吹来，他们举起手中的酒

喝一口

雨落下，他们又喝一口

偶尔她只言，他片语

说人世长，雨夜冷

酒杯空了又满，像一种安慰

却不可安慰

终于，她哭了

"我没有父亲了。"

"我也没有父亲了。"

瞬间雷声轰隆，万物喑哑

闪电划开夜空时

世界惨白

世界惨白像一个没有父亲的孩子

# 暮 立

她写过很多个黄昏——
奋力举起又坠落的命运，在黄昏里
反复折叠又展开
暮色下沉的台阶上
鸟雀歌唱，有人听着幸福
有人听着悲伤

有那么一段时间
灵魂蜷在空瓶子里，被晚钟击打
黄昏与黄昏没有区别
未来与未来
拴于同一根充满裂缝的骨头上

如今，万物隐于无形
上坡又下坡，悼词与颂唱
在灰烬里燃起星火
她站在台阶上，成为
黄昏的一部分
黄昏里被风吹起的那部分

# 深 海

每一个孤独的人

是否都渴望跟一只海豚亲近

抚摸它调皮的尾巴

任由它天真的嘴在脸上

蹭来蹭去

当黑夜来临

它一个转身，就把你

驮入深海

# 黑 色

她从未为过世的母亲
写下一个字

有时候，早上醒来
看见阳光正穿过窗台
窗外，风吹木叶
云雀跃动
一切似乎如常
只是，镜子里的那个人
灰暗，茫然，倦怠
如此陌生

想起那个黄昏
噩耗传来
她拖着行李箱下楼时
如往常一样
不时地与邻居家长里短
没有人看出来
她刚刚失去了母亲

没有人看出来
那个黑色的行李箱，装满了
一个孤儿黑色的哀恸

# 失眠者

无数个夜晚

失眠者在八楼天台练习平衡术

她跟着自己的影子

旋转，倒退，伸展，弯曲

世界混沌空寂

她听见陌生的灵魂在唱歌

一首熟悉的歌

似乎试图为人类辗转反侧的疾苦

找一方良药

似乎在祈求诸神

给深渊边沿的影子赐予平衡术

世界混沌空寂

微光中

她看见那只流浪猫在喝水，如闪电

频击海面

# 秋风中

清早，我站在台阶上

目送孩子进校门

秋风中

她的衣衫和头发向右，向左，向后

而硕大书包让加速度的身影

始终笔直

记得多年前，也是这样的早晨

也是在一阵阵的秋风中

红领巾像一团火苗

跟着她奔跑

她裸露在外的小手臂，让我不由得

抱紧自己

转身走下台阶时，天空

正处于蒙亮之间

鸟群尚未由北而来，搅响云层

草木上，寒露潮湿

那棵我曾经无数次避雨遮阳的大树下

蚂蚁蜿蜒而出，在为冬天的粮仓

排兵布阵

多少年前的今天
多少年后的今天，一切
似曾相识

# 窄 门

拖着童年不曾治愈的厌食症

走了一年又一年

今天，或者就要走不动了

早上要出门时

看到排队过马路的孩子们嬉闹喧腾

如蜂群，如海浪

矮灌木丛上，鸟雀叽喳扑棱

世事繁盛，令人留恋啊

但秋天还没结束，一场罕见的大雪

突然飘落，在空中融化

最冷的寒冬就要到来

退回去吧

退回那道窄门，并闩紧它

# 第五人民医院

家对面围墙里就是第五人民医院

这些年

我们在那里看过病拿过药住过院做过手术

探望过亲人

神经内科那位有棕色眼睛的医生

已经记住我的失眠症

但每次，他还是只给开五颗阿普唑仑

每天

医院里会传来哭声，喊声，吵闹声

大人的小孩的，此起彼伏

今天凌晨

一个女人的哀呼把我惊醒：

"老天爷，求求你把我带走留下我儿子

留下我儿子啊老天爷！"

哀呼锋利，凄厉

我一阵阵锐痛，蜷起身子

# 霜 降

早上八点，她被推进手术室

三十六岁，已婚，未生育，子宫内膜癌

这是她病历本上简短的关键词

六个小时后

手术室沉重的大门缓缓打开

她身上缠绕着引流管，导尿管，血压带

输氧管，输液管，胰岛素泵

她似乎比早上沉了很多，似乎

无影灯下的切除术

不只摘走她的子宫和卵巢

还灌满了未知生活的铅，石头和玻璃

# 国际妇女节


当他们把你摆于棋盘中
当他们给你筑起城堡

芦苇倒下了
你要扶起
列车出轨了
你要扳回来
你是阳光，雨水，空气
但你没有领地

当他们享用你的三餐
当他们撕碎你的衣裳

在这漫长路途中
古老的鞭打逼你指认身份：
寄生的枝丫，羔羊，附属物，哭泣的蚂蚁
但你不能哭泣

当他们丢下绳索，说：
赐你一个节日

# 立 秋

哥哥说，立秋去给母亲送寒衣

提醒母亲

天凉了记得添衣。

那天雨下得很大，我想象着

几百里以外

雨水正唰唰地落在母亲的坟头

快一年了，过了凛冬又过酷暑

寒冷炽热的风

吹过我时也吹母亲坟头的草木

快一年了

我没有为母亲写一个字，没有哪个字

足够表达我

孤零零的哀痛。甚至那天

我梦见母亲在一个破旧的集体宿舍里

佝偻着身子咳嗽，熬药

双眼被烟火熏出泪水，她抬起袖子擦

不停地擦

我挣扎着要向她跑去但无法动弹

我大声喊她却喊不出来

当悲伤的梦境醒转

我也只是告诉哥哥：刚刚

我梦见母亲了。

## 某夜，在无名路

多年后我还记得那个夜晚，那条

无名路——

秋风阵阵，拍打高大茂密的树木

不知名的鸟雀偶尔啁啾

路灯下，影子跌撞重叠

堆满货物的手推车经过

救护车经过，外卖骑手经过

下夜班的女工，脚踩落叶

沙沙响

我们蹲在路边，像是累极了

我们用累极了的语气，谈

童年，角落里的青苔，背后的暗箭

以及生活里的坏脾气

有人为困顿中的挣扎低泣

有人希望缝补散碎的梦想，仿如神助

这时，一个手持导盲棒戴着墨镜的人

一步一探，咚咚咚地走过来

这深夜的敲打，这无名路上的惊雷

让世界瞬间喑哑
我们默默地低下头，默默地
站起来

# 虚 构

你说你正在末班地铁里

车窗上

贴着几张疲惫的脸

突然出现的灯火通明的站台

空无一人

像被黑夜拽进去又扔出来的

一座座空城

轰隆，轰隆，轰隆

我听得很清楚

似乎那列末班车，就在我身边

呼啸而过

把我的黑夜撕开，撕开

却怎么也撕不完

我蹲在街角，向你虚构了月亮和繁星

——它们清澈又闪烁

正照着我回家

# 失 散

这个人是谁？
二十年后
只有母亲一眼就认出了
儿子

陌生丛林里有金色阳光
玻璃外有很多晃动的影子和面孔
而小男孩旺仔
从三岁到二十三岁，暗藏着一张
相同的脸

旺仔是三岁的
三岁后，小男孩没有名字
从南方到北方
绿皮火车咔嗒摇晃，三轮车
上坡下坡
小男孩旺仔
不知道岁月正在头上嗖嗖掠过

二十年了
母亲守着小男孩曾经玩耍的小院子
照顾院子里的牛蒡。曾经
小男孩旺仔
像长在母亲身上的一株牛蒡

# 亲爱的小象

亲爱的小象，睁开眼看看

安全温暖的岛屿已建好

在你身边晃动的这些影子，是人类

最干净的灵魂

他们在荒野中抱起你给你良药

他们治愈你的腹部脊背额头你眼里的斑影

就是治愈受伤的大地

亲爱的小象

把你出生六天后的第一口牛奶喝下

把善良的泉水喝下

亲爱的小象，向这些晃动的影子

伸伸你的长鼻子摆摆你的小耳朵吧

他们就要带着你穿越丛林

去找妈妈

# 栅 栏

乌鸦飞过白桦林时

她在跑马场一样的偏头痛中看见

天空被拍打，矮了下来

椋鸟贴着天空，成群来去

不留一点痕迹

在跑马场一样的偏头痛中

她把白桦林倒悬的影子画到雪地上

整整一个下午

她的笔沙沙作响，像一个人

试探着走来，像很多人

齐刷刷地走来

而倒悬的栅栏，怎么也画不完

# 终点站

绕过一个废弃的杂草丛生的齿轮厂
驶进两侧收拢着斑驳大铁门的停车场
终点站到了
嗞的一声，车门打开
司机把一根烟叼在嘴上，头也不回：
醒了醒了，下车了。
一阵空荡而缓慢的窸窣之后
车上仅有的几名乘客
像被唤醒的影子，起身，跌落
四散而去
司机看了我一眼：你又不下？
不。
杂草丛生的终点站
没有我的亲人和朋友，也没有一件
需要我去办的事
我的家
在退回去九站的东边小区
司机熄火，点烟，深吸一口
嗞——

# 抬头看树的人

病榻上
他安静得像一个扁平的影子

油菜花疯开的时节
一扇铁门咣当一声，斩断过往

花红，草绿，鸟儿欢叫
穿条纹衣衫的人群在徜徉

体内的野兽消失了
他迟钝又空荡

脚步却一天天沉滞
甚至赶不上一只搬运面包屑的蚂蚁

太阳出来时
抬头看树的人，可以看一整天

有时，草地上恣意无忌的场景

似乎童年再现。但


谁的童年如此扁平空洞?
转过身,他撞上了冰冷的铁门

# 园 丁

年轻时他就在这里

瘦，矮，被人叫作小不点

他认得这个住宅区里的所有花草

记得每一个进出的人

在午后阳光里伸懒腰的猫和狗

在晨光里鸣叫的云雀

换了一拨又一拨

他见证了它们一生的时光

如今，他头发花白

被人们称为小老头儿

他脑袋里长满了花草，像一片

肥沃的土地

只是他再也认不出一个人

认不出阿猫阿狗

# 在午夜写一首悲伤的诗

此刻安静
让人想起多年前的那个午夜
巴赫像一种安慰
抵达，细语
说手拿橘子的人
在诸神中站立，善良又羞怯
说有一个无名小镇
在黑夜里接纳铁轨，列车，以及
慌乱的十月

此刻你在安静的午夜写诗
漫长禁令里
冬天竖起一道道栅栏
春天像幸存者惊惶的眼神
日日又夜夜
巴赫反复弹奏受难曲——
通往小镇的列车停摆了
十月被推迟
手拿橘子的人，善良又羞怯
被诸神选中

# 那年冬天

那年冬天，北风刮得特别猛

每天下午

十三岁的女孩背着硕大书包

跑上半山坡

等待父母双双归来

电话里，父亲说过——

再治疗几天母亲就能回家了

三天过去了，七天过去了

半山坡上可以把通往县城的路

看得更远更清楚

然而没有父母的影子

第十五天黄昏

父亲回来了。单薄的身影

在北风中摇晃着

她冲下山坡，哭声在山间回荡

父亲抱住她，把黑布包裹的一小团

交到她手里：带妈妈回家吧

十三岁的女孩

曾经那么喜欢冬天

喜欢冬天里戴着母亲织的红手套

白帽子。喜欢听到北风

把母亲的喊声在漫山遍野里传送——

囡囡，转家吃饭喽

那年冬天，山野寂静

只有北风呜呜叫着

不曾停歇

# 灰斑鸠来过，桃花落过

午后
阳光像一个坏脾气的人
终于把自己折腾累了
她在公园条椅上长时间地坐着
灰斑鸠来过，桃花落过
万物拖着长影子
旁边的书被寒风吹开又合上
她数掌心里斑斓的药片
看缺掉两颗门牙的天空

# 如 果

多年来

她一直在 30 路公交车上上下下

举着字迹歪扭的硬纸牌：

聋哑人需要您的帮助，感恩。

她腰间拴有敞口大布袋

有人往布袋投入纸币或硬币

也有人视而不见。每次

我都会充满羞愧地放入 10 元钱

似乎我的健全

占用了属于她的那部分

对于残缺的感恩

或许可以就这样成为命运的救赎

隐秘，又美好

如果那个下午后

我没有走进一条陌生的小巷

没有看到她

正开怀地打电话

# 隐 喻

对面十二楼
一个身穿蓝色衣服头戴红色棒球帽的装修工人
——门禁的暂时拥有者
正用铁锤、钢钎、瓦刀
一寸寸地摧毁一面阳台
尘埃漫天，挥舞的身影越来越模糊
终于，断裂的钢筋和砖土
堆成了一堵新墙
一点点遮住铁锤、钢钎、瓦刀
以及模糊的影子
只有红色帽子，时不时晃动
像大海里的浮标

生活里没有那么多隐喻
除非尘埃如大海淹没所有只剩红色浮标
除非，门禁的真正拥有者
合上了落地玻璃窗模糊的影子却一直在晃动

# 婚 戒

她一直不要

所以她不曾有过这些恐惧——

磨损的，丢失的，脱落的

二十年的婚姻生活里

她的左手无名指

不曾有紧箍的深痕

金属突然撞击命运的尖锐或钝痛

她从不曾有

# 黄昏里

然后，他们在黄昏里挥手

道别

捧西瓜的人，拉下长影子

提枇杷的人，踩着碎步忽左忽右

在第一个岔路口

她对着木叶中的路灯说：嗨。

到第二个岔路口

夜色沉下来

她看到一个老人从树下走过

他笔直的身子像父亲

抽烟的样子，也像

她看着那个影子慢慢地晃过去

慢慢地从树下消失

# 往北，往北


有时她会出走

往北，在大雪覆盖的森林里
建一个小木屋
一壶茶，两杯酒
炭火通红，日夜不熄
窗外，可以有羚羊跑过也可以
只有大雪覆盖着大雪

直到她在纸上把自己劝回来

## 郊外垃圾场

清早，垃圾车突突地开过来
生活的，工业的，隐秘的，不舍的
突然决定废弃的垃圾
一点点地往大坑倾倒，填埋
当一个布娃娃缓缓落下，她似乎听到了
童年的回声

# 那只猫

午夜

失眠者在八楼天台上

看黑暗层层叠叠

一只猫在不停地叫

凄厉，荒凉

它有什么样的毛色？

乌黑？灰斑点？

虚构的钟声响起时

失眠者用铅笔在一行字下画线

"灵魂的重量是 21 克。"


远方的父亲正在疼痛

疼痛的重量多少克？


风一阵阵吹过

吹过屋顶，拍打着窗棂

咣当，咣当

失眠者用铅笔写下

"她敲响了虚构的钟声。"

便坠入黑色大海

不再扑腾

那只猫一直在不停叫

凄厉，荒凉

或许它一身洁白，恰好

21 克？

# 小心台阶

出院那天，阳光很好

回到小区楼下

铁门意外地敞开着

散落的黄白钱纸随风翻飞

地上，两枚一分钱硬币大小的

红纸团，沾满尘土

我看着它们，想象着某种

匆忙中遗漏的仪式

在这栋楼租住十多年

所有面孔都已熟悉，上上下下时

虽叫不出名字，但都会微笑，点头

在我生病住院的这些天

哪一家哪个房间哪张床，空空荡荡有如

命运突然翻开它神秘的另一面？

哪一个人再也不会与我在楼道里一边侧身避让一边说

早上好，晚上好，需要帮忙吗，小心台阶

我缓慢地从一楼往上看

顶楼上的三角梅，在阳光下恣意繁茂

甚至一丝阴影都看不到

我在虚空中抱了抱某个哭泣的虚空的身子
向翻飞的黄白钱纸挥挥手：
一路走好，小心台阶。

# 暮 光

也许你也还在爱我
最后一只云雀停落时
你的灰暗
重叠了我的
——可记得我曾跟着你
从南走到北？
借着你微弱的光
我自由自在，像一枚
就要成熟的苹果
任由甜蜜在雨水中酝酿

# 处 暑

处暑那天

从操场跑步回来

路灯一盏盏亮起了

一个胖小男孩

在母亲的影子里跳跃

找自己

渐渐变凉的风，一阵接一阵

咻咻咻地吹过我

也吹过紫荆树，黄槐，桂花，古樟

而一路跟随的隐香

像命运缝隙里的光，迎着柔软

也迎着锋利

# 生 活

几乎每天下班
我都会在漓江大桥上遇到这位
爆米花的老人
黑乎乎的机器架在炉火上
用力摇动，适时加糖
滚圆的铁肚上下翻滚。远端
系着密网口袋
行走的人停下来
手推车和自行车停下来
也有的只是放慢速度，看一看
"嘭" ——
有人后退，有人捂住耳朵
火光散裂，远端口袋瞬间鼓起
网口白花花的，香气逸出
被风吹，吹得很远
老人小心地抖落身上的灰粒时
黄昏柔和的光
正拂过他的白发和皱纹

# 信 笺

那只邮筒还在

在阳光里泛着绿锈

多少旧日子

多少炽热，冷漠，悲伤，犹疑

经由它，抵达南和北

多少锋利的，迟钝的痛

经由它，自东至西

那些缄默的使者

是否在风中反复地擦肩而过

甚至秘密交谈？

"她偏爱 G 大调。"

"每天午后他都在画同一幅肖像。"

邮筒老去了，往昔

锈迹斑驳

只有当落叶遍地

偏头痛患者会突然看见

旧日子正沿着折痕

沙沙走来

# 乌 鸦

多少个夜晚

它停在这里，那里

有名无名的

枝头、屋檐，突然出现的三岔路口

它不张望，不叫

像死亡的一部分

像丢失了亡灵的死亡的一部分

# 有人正在种花

那年冬天雪下得真大
很快你就要来到这世界了
雪下得真大
透过窗台
我看到院子里那棵黄槐
正奋力抖落雪花，冒出
新芽

4 岁时，你等待
"四个草莓来敲门。"
那时我握着你的手
像握着世上最甜的草莓

"就像树木要碰到天空时的快乐。"
在 5 岁零 4 个月的黄昏里
你脚穿小红靴，一蹦三跳
说出了这句话
暮色在一层层下沉
你的小红靴

是最明亮的星


9 岁那年夏天

是一场突兀而漫长的悲伤

你小小的身体里几乎全是泪水

我抱着你，在其中沉浮

"杂草丛生的地方，

你在种花。"

我们拨开杂草，向秋天走去


"窗玻璃很冷，雪很冷。没有灯，但烛台上有光。"

15 岁，你构建了精神乌托邦

但青春的蒺藜划破所有栅栏

你哭泣，挣扎

那烛台上的光，忽远忽近


春天又到了

风一吹，万物便簌簌晃动

风一吹，你沿途播撒的深意

便簌簌作响——

院子里那棵黄槐，就要碰到天空了

那杂草丛生的地方

有人正在种花

# 悲 伤

那个黄昏她记得清楚

漓江大桥上

暮色越来越深

她走得越来越慢

一个男子停在路中

对于往前还是后退

似乎有些犹疑

他两次掏出手机又放回

是否要打一个电话

似乎也有些犹疑

走过他身边时，随风带起的那阵气息

让她想起某个午后

那时大雨刚停，一个身影

刚刚离开

——那时，悲伤刚刚开始

她回过头，想对他说

你的马丁靴很好看

这时街灯依次亮起

她看到他仓促垂下的脸

有泪水就要掉落

# 风吹过

一大早

黄色纸钱在漓江大桥一路散落

随风翻飞

又一个人，正被送往殡仪馆

他的一生漫长吗

是否有那么一瞬间

他被上帝举过头顶，无所不能？

在阴阳交界

他是否果断地反手合上尘世这扇门

没有一丝犹豫？

也许，在某个街口

我们曾擦肩而过

在某个拐角，因为突然的相撞

我们曾吵过架

——在这千丝万缕的尘世

我们也许有着至死不明的瓜葛

今天他走了

留下一路的黄纸钱

车轮碾过，脚板踩过

风吹过

## 悼念一个我终将忘却的名字

那个上午，在阶梯教室
隔着两张课桌
你喊我
我犹疑回头，挥手笑
你轻快地掠过来，棕色风衣扬起

"车轮碾过，脚板踩过
风吹过"
你把我某首诗的最后一句
念了两遍
我说起那个春天
为亡者送行的黄色纸钱随风翻飞
过江，过桥
我在鞋带上写下它

又是春天啊
雨一场接一场
人间枝头嫩绿晃动如你最恰当的青春
而你最恰当的青春已纵身跃下八楼
只有棕色风衣
在人间空空荡荡

# 黄 昏

多少个黄昏

她坐在高高的台阶上

看暮色一层层压下，铺开

红衣裳的人上来了

绿衣裳的人下去了。巨大的灰袍

被风鼓起

像多余的骨头，沉重又雀跃

终于，路灯依次亮起

树木、房屋、人群落下长影子

这多余的折叠，交错

仿佛人间神谕

# 早安，铁山坪

早安，白栅栏
她在安眠药中沉睡时
那只斑鸠继续着夜的四重奏
那只灰布谷
从这个山头跳到
那个山头

早安，小麻雀
茶几上的野蔷薇已经枯萎
她忘了昨晚它曾说过——
最后一瓣，对时间
充满了恐惧

早安，蕨
有些事物
一开始就美而不自知
——仿如你

# 秋 歌

## 1

秋风吹来

竹竿上那件旧衣衫在摇晃

矮灌木丛中，一只云雀

轻轻跃起

失眠者想起那个黄昏

木叶被吹落

有人把旧信笺丢进秋风里

## 2

二十四节气中

白露是一个低头行走的少年

孤单，忧郁

他走在江边

不知道江水在远流

日子叠着日子

穷巷子连着穷巷子

孤单的少年

见过蒿见过蒺藜

却不知蒹葭如何苍苍

——忧郁的少年他不知道

草木上，白露正结霜

凉夜正在变长


3


吹过来又吹过去的

不只是秋风

夜里辗转的失眠者

想着某家肿瘤医院 12 楼走廊上

那道昏暗的灯光

那个病床上蜷缩的瘦弱老人

在梦中低语：

秋风长，路桥窄啊


4


失眠者对秋分有隐秘偏爱

而白和黑

白的药片黑的长夜

对失眠者有隐秘偏爱

风向南，再向北

秋天一分两半，各设栅栏

各自消失

5

寒露那天夜晚

有人提灯站在穷巷子中间

把黑暗撕开了一条明亮的口子

低头赶路的孤单少年

不由得停了下来

失眠者站在窗台前，想起

某个黄昏

她穿着绿色毛衣

把一张旧信笺丢进了秋风里

## 将来的事

开始是极其动人的
不说身前事，只听
风和浪
拍打着海边的墓碑

有那么一瞬间
生活是一个剥开的洋葱，一束
不合时宜的花
原谅我步履急促
隐藏失控的本能
谢谢你爱上阿普唑仑、失眠以及
尖锐的民谣

有那么一瞬间
哲学不过是场偏头痛
并不比一头驴，或者一只偏执的老黑猫
更接近本质
谢谢你释放了笼中的灵魂
任它在森林中奔跑

原谅我手执死神的花枝
步履急促

去追赶那场大雪
去隐掉全部身后事

# 秋风吹过

秋风吹过

她在父亲的柠檬树下醒来

万物簌簌有声

终于，最后一盏灯火熄灭了

透过窗外摇晃的枝丫

她看见星光明月

似乎正向人间坠落

缓慢，寂静，裹着金黄的

丰硕和凋敝

曾经多少个这样的夜晚

她和父亲谈论阴晴圆缺，聚散离合

父亲感叹秋风凉，路桥窄

她却像在说一枚硬币的正反面

轻佻，无知

——多少悔恨从指缝中悄然散落？

此刻父亲在明月之上

她在人间醒着

秋风吹过

柠檬树簌簌有声

# 画一个人

你要画一个人
她的眉毛眼睛不是我的
她的嘴巴，脸庞，垂落的双手
也都不是我的

但她的棕色灵魂
是我的。

你给那个人画一双灰翅膀
她不生依傍，独往独来
但当她振羽
便覆盖全部

所以你要画下我不曾描述的阴影

# 整个夏天都这样

病房前的小院子

有两张石桌，桌边有三张石凳

四周围着白栅栏

院子里花草繁茂，云雀欢快

整个夏天都这样


风一阵阵吹来

没关拢的栅栏发出嘎吱声

矮灌木微微晃动


总是下午医生查房过后

他带一沓书过来

整齐地摆在石桌上

看到她从病房缓慢走出，他直起身

咧嘴一笑


他朗诵奥利弗，读福克纳

谈维特根斯坦

热烈处

矮灌木和云雀也忍不住安静下来

黄昏像一团薄雾
一点点弥漫
偶尔有医生护士经过
白大褂猎猎有声

风一阵阵吹来，暮色
越来越沉。石桌上
斑斓的药片像一种点缀
她总是先吃黄的，再吃白的
"红色的要留久一点。"
他咧嘴一笑
整个夏天都这样

## 寒衣节

寒风吹，木叶落
灰鸟不言不语。21 克的黑猫
在八楼天台张望

你在哪里？

一早上我就开始画衣服
一件，两件，三件
去年三月给你买的那件灰大衣
我画了很久

寒风吹，人间又一年
我纸衣上写下：烦阴差寄往
天堂 2016 路 10 巷 31 号

你在那里。

# 蒙面人

在最冷的倒春寒时节

我们热烈地谈论天气，蔬菜，娱乐头条

偶尔遇到鸣钟，惊雷

我们小心翼翼地绕开

——要保护好舌头，要注意

躲避逆行。毕竟

这是最冷的时节

我们互相叮嘱，取暖

有些手会唱好听的歌，有些脚

擅长掘土挖坑

大风中

蝼蚁们为了躲避可能的坠落

一边四处奔逃，一边

相互踩踏

在逆行的大风中，我们

悲伤地面面相觑

然后拉下帽子，戴紧口罩

## 爸爸，如果那天我从原路慢慢走
## 你是不是就能跟着我回家了

那天阳光好

从家门口到坟地，送葬人群起起伏伏

跪拜，停歇，再跪拜

唢呐，悼词，幡条，随风飘荡

灵柩落肩，我们各抓一把坟边的泥土

便急急返回

"不能走原路，不能回头，要快！

身上披的麻戴的孝要沿途丢弃，不要让故去的人

认出回家的路！"

前辈们事先重复的这番话

像一道密令

大家急促凌乱地穿过杂草，荒地，乱石堆

白孝带或散落在地，或挂于

无名枝丫

我跟着晃动的人群盲目奔跑

不敢回头

爸爸，四年过去了

一想起那天我就悔痛得喘不过气来

# 二 伯

二伯耳背得厉害，但不聋

这似乎让他在听与不听之间拥有特权

在我记忆里

他更习惯于沉默，习惯于对所有对话

露出茫然的表情

骂他有何用？夸他有何用？

他又听不见！

于是他一辈子没有仇人，也没和谁

过从甚密

他每天烧火做饭，喂猪放牛

一个人远离家长里短

养大两个儿子

女主人我从没见过，他也没提过

92岁那年的一个早晨

他一边往灶里添火煮粥，一边靠着柴垛

睡了过去，再没醒来

# 八月过去了

半坡上，矮灌木迎着风

八月过去了

悲和喜，一幕幕

跟着她，走了很久

半坡在那边

她要过去，要跨过矮灌木

——这人间栅栏

讲故事

他在半坡上坐了很久。人间风声

起起又落落

而他只要听一个人的故事

# 在另一个年代

## ——致艾迪特·索德格朗

透过你又大又灰的眼睛

我看见满载军队和难民的火车

穿过另一个年代的铁轨

你在乡间别墅里咳嗽

老式罩衫晃动时，你的孤单

被嘲笑

你写诗，抛弃格律和韵脚

它们像不守妇道的女人

被嘲笑

在另一个年代

我和你一起失眠，困顿

带着结核病

寻找国籍和自由

最后，时光停在

摇摇欲坠的乡间别墅

死神和不曾存在的上帝握手言和

黑暗中

你一直在微笑，眼睛

又大又灰

# 悼 词

从明天开始

做一个幸福的人

但一场雨中的葬礼正在进行

鸣叫了几个晚上的乌鸦

从树上跳入灌木丛

并巧妙地把翅膀收到腹部

"上帝的袍子是什么颜色?"

队列沉重、缓慢

栅栏被绕过了

小水洼被绕过了

除了微微晃动的黑雨伞

看不到一张确切的悲伤的脸

"上帝的袍子是一种隐喻。"

黑衣人走过来

摘下白花，念出悼词——

从明天开始

做一个幸福的人

# 想 起

第三人称是个秘密

想起离开墓地时

枝丫突然在空中晃动

噢，太阳突然很好

想起跟守墓人挥手告别

他脱下帽子，微微地弯腰

咬着他裤管的小狗

毛发黑亮，尾巴

越摇越快

她越走越远，墓地

落在后面

——天堂或地狱

门前都有台阶

想起那些灌木，松柏

枝丫上的乌鸦

14 岁男孩的墓碑上

有一行小楷：宝贝

在这等着妈妈

噢，特别乖

# 第三个孩子没有名字

炎热的夏天已经过去
一整天
她坐在水果摊前
为一串青葡萄发愁

远处走来三个孩子
第三个有灰鞋
没有名字
天空中似乎下起了小雨
孩子们不笑，不闹

黄昏慢慢下沉
远处投来的影子慢慢压到她脸上
第三个孩子没有名字
但他一到来
那串葡萄就熟了

# 暗 疾

"把恐惧种进他的心里去!"

也许是某个黄昏,也许是

所有的黄昏

尘埃在风中起伏

忍冬花离倒退的人

越来越远

乌鸦就要发出第一声鸣叫

倒退的人,把脖子

越缩越短

"把黑暗铺满他的夜晚!"

没有老人或小孩

举灯站在门口

他缩着脖子

在酒精和药片中打滚

呕吐、叫喊

窗外,死神踮起脚尖

乌鸦拍打着翅膀

划开层层尘埃

# 越来越沉默

——致父亲

1

2016 年 10 月 31 日
你离开了我。从此
我是一个没有父亲的孩子
从此
我开始在异乡的广场折叠影子
与灰鸟交谈

2

黄昏下沉时
我给阳台上的花草浇水
一滴一滴，数着浇
这样缓慢地回想，你的洁癖
你对植物不言不语的热爱
——在病房，你不吃不喝
直到哥哥把饭端到后院花圃旁
从医院 12 楼下来

你总要在那些落满灰尘的花草前
站一会

3

你种的那棵柠檬树
依然黄的绿的
灰鸟在上面停歇过
我靠着它哭过——
自从你离开
我便在黑色的墓穴里扑腾
跃不出去
也落不到底

4

今天我应该在，应该
一转身
就与你相遇
如果那只灰鸟到来
我微笑
如果风拂动你坟头的草
我微笑
此刻我却在他乡

看风抖落影子，看木叶打转


5


灰鸟很久没有来
阳光似乎无法穿透层层天幕
我看到童年的云雀聚集在屋檐上
鸣叫，寒暄
而灰鸟没来，而世间喑哑
我越来越沉默


6


10 月 31 日之后
世间烟火是一味苦药
我咽不下，吐不得
冬天漫长
草不绿，花不红
世间瑟瑟发抖
求不来一个春天


7


此刻我走在雨中

我替你走漓江路，走解放桥
替你看逍遥楼
我在这些属于我的尘世的路上
替你想了想 82 岁以后的日子
雨越来越大
那只灰鸟没有出现
而我似乎看见了柠檬树
我大声喊你
风却咽了回去


8


每天
空荡荡的黄昏让我陷入
剧烈的偏头痛
看见一片白茫茫的影子
每天，我在空荡荡的人间
浇花，晾衣
和灰鸟说话


9


10 月 31 日像个蹒跚的影子
已经走了整整 6 个月

记得那个午后

我们把你送入故土深处

风吹幡动，不能回头

我们哭着跑着

不能回头

如今我越来越沉默

异乡广场上的影子

又轻又脆，一折便断

# 割草的男人

冬日午后
割草机突突突轰响
院子里歪戴鸭舌帽的男人
影子被拉长
他双手推着割草机
一遍又一遍地割着自己的影子

# 九 月

九月过去了
多少个九月，都过去了
想起那唯一的列车
在黑夜里颠簸、嘶鸣
它将在陌生小镇停落，站台上
将有一个手拿橘子的人

这些年
九月建造了多少个陌生小镇
多少个站台不负星辰
手拿橘子的唯一的人，多少次
突然在风中跑起来

# 夜

1

你终究会明白
为何她总是在黑暗的八楼天台边沿
练习平衡术
摇晃、惊惧，又暗暗地
迷恋

2

那只黑猫
有一双棕色眼睛
凌晨两点，它准时出现
像一阵风
掠到她摇晃的影子面前
在天台边沿优雅行走

3

也许一阵风

就可以让她从天台边掉落下去
黑暗中，也许有一双手
正耐心地等着她


4


深夜的八楼鲜有人迹
那天凌晨，门环三次被叩响
她正犹豫着要不要过去
黑猫像一阵风
掠过来，用棕色眼睛
——那黑暗中唯一的光
盯着她，阻止她


5


由此你终究会明白
一支身穿白袍的送葬队伍
为何总在她梦里反复
为何总有突然出现的悬崖
让他们摇晃、惊疑
没有退路

# 明亮的星

每天回到家
我第一件事就是煮茶
一壶又一壶
咕噜咕噜地，在夜里听

记得小时候
夏日晚上，我和父母在院子里乘凉
喝母亲凉好的茶
听父亲讲古
夜空中，繁星闪烁
"星星离我们有多远？"
"能看得见的，都不会太远。"
寒冷的冬夜，我们围坐炉火旁
母亲把铁三脚架到炉上
温着茶壶
我时不时把花生土豆扔进火里
兴奋地等噼啪声响
偶尔，凛冽的风灌进门缝
吹起炉灰

父亲便起来，用整个身子贴住门板

茶壶在咕噜咕噜地响

想绕过父亲身体挤进来的风

咻咝咻咝叫

好不热闹

夜深了

高楼缝隙里的天空

寂寥，虚渺

我关了火，慢慢地清理茶叶

清洗茶壶。我知道

无论夜空多么暗淡，两颗明亮的星

始终在看着我

# 多余的

某个黄昏
我提着沉重的垃圾下楼
为了与生活保持恰当的疏离
我选择走楼梯
就像蜥蜴在丛林里虚构毛色

在五楼
一个弥漫浓烈烟酒味的灰衣男子
扶着栏杆摇晃踉跄
我张开手掌捂住鼻脸，躲开他

在三楼拐角我停下歇息
垃圾太重了
两个男孩小马般奔腾而上
他们携着一阵热风掠过我并热情地问好
问我需不需要帮忙

一楼绿化带边
三个垃圾桶整齐排列
我第一次发现

它们每一个颜色都不同，在黄昏里
它们算得上斑斓
我第一次，认真履行垃圾分类投放

折回时
一楼门禁面部识别出现了反复的失败
这让我没有来由地慌张
仿佛隐姓埋名已久的人，突然面对
自我身份的指认
"我来试试？"
屏幕上出现一张慈祥的脸
咔哒一声，门开了
身后，白发老人笑眯眯地伸手礼让

狭窄楼道里，身后那个影子
无间地重叠了我的
蹒跚，却有力
像童年时母亲为我挡风的样子
我以一个羞愧的谎言转身，回到
那排斑斓的垃圾桶前
我像幽闭者因为突然的光亮而陷入茫然——
或许，还有些什么可以扔掉
——狭隘的道德感？多余的戒备？
折痕锋利的记忆？

# 纪念一个日子

那天黄昏

一个诗人在大街上飞奔

他身上的大红 T 恤

像一团火种

他提着酒过桥过江

和一只灰鸽秘而不宣

第一盏路灯亮起时

他在久等未归的朋友的门上

写下纸条：为和平

干杯！

那天黄昏

我在报纸的空白处

写了一小行字：在风雨中

抱紧良知的骨头。

# 空 枝

从医院回到家
一天就将过完了
打开窗，黑暗汹涌而进
似乎守候已久。
远处灯火隐匿，恍如
夜行者身披仅有的星光
秋风阵阵，摇晃着
空枝
我在一日的最后时光
陷入无尽悲伤
今天，在医院的无影灯下
我时年三十六岁的亲人
失去了子宫，卵巢，以及
甲状腺。她的余生
将秋风阵阵，摇晃着
空枝

# 落下来

是想象还是幻觉

她看到自己在夜色中奔跑

公车站牌下

两三个人影在晃动

偶尔有风吹来，木叶

婆娑，婆娑

越过她身边的脚步

有的快有的慢，有的

试图保持某种恰当的节奏

有那么一瞬间

悲伤袭来，近于汹涌

汹涌得来不及言说

便沉入夜色

她指着枝丫间悬挂的路灯说：

你好，凝固的泪。

公车站牌下已经没有人影

风一阵接一阵

木叶婆娑，婆娑

落下来

# 地 震

一切于突然间发生

人们捂着头脸躲避翻卷的沙尘

广告牌，树木，路灯

所有高立的都在激烈摇晃

阳台上，花盆被吹倒

玻璃窗发出惊人的撞击声

细小的枝叶向下坠落又迅速地被卷到半空

但它们终将跌落，像那些

沉重的受伤的事物一样


这夏日异象

源于远方的一场地震

我想起那些被乌鸦紧紧扼住的日子恰如

这地震——

突然的，翻卷的

人类的诧异，悲愤，哀痛

由堕落而坠落的良知如枯枝败叶

扭曲的脊骨一节节塌折如纸上建筑

而震源，或许只需吹开灰烬但

没有人愿意吹开灰烬

# 母 亲

我知道
母亲经常回来

清扫庭院
打理厨房碎活
为花草浇水，修正
错位的栅栏

半夜里那阵窸窣声，是她在倒翻
生前的日历

当苦楝树上鸟雀喧闹
当门前卧着的小黄狗突然站起来
当落满尘埃的记忆
被一一擦拭归位，并留下
令人心碎的余温

我就知道
母亲回来过了

# 荒谬的一天

这天
她在法院门口，等一场
荒谬的审判
终于，轻飘飘的法槌落下
污蔑者和告密者
打出胜利的手势

这天
一部名为《死侍》的电影在上演
"在一切结束之后，
我们遗憾的不是我们做过了什么，
而是我们还有什么没去做。"

# 这一年冬天


空了
春天罩着一层层蛛网
成为隐喻

公园里
去年一起在大雪中燃烧的人
没有回来

头戴宽檐帽的老者
在桃树下
站了一整天

这一年冬天
茫茫的
不是人海

# 迷 雾

浓厚的灰茫茫的
似乎是世界巨大的灵魂在浮动
在这混沌的浮动中
似乎有声音在叫，在叫我
我回头
似乎有影子消失在大雾中
我回头
只有那灰茫层涌
似乎万物不曾存在。似乎
世界只是一个巨大的
浮动的灵魂

# 倒 伏

追着黄昏最后的霞光
她踏进了一条记忆中的路
废弃的铁轨。炊烟。攀爬的藤蔓
还有成片的麦田

它们还是像当年那样
寂静。孤直。缠绊
灰蒙蒙又金灿灿，随着
一阵阵秋风
向收割后的田野缓慢地倒伏

向一个人空旷的内心
缓慢地倒伏

# 玻璃窗后面

挖掘机，碾压机，水泥搅拌机
轰隆隆进出校园
现在不是假期，今天
也不是周末
为何突然掀起这沙尘暴？
看不见鸟雀飞旋
听不见蝉鸣
教室玻璃窗后面
贴着一张张稚嫩的脸

# 曾 经

终于又到了熟悉的黄昏时分

那时我们坐在台阶上
你说边城的风锋利刺骨
她说黄昏最后的浮光正在消逝
他一言不发，在啃甘蔗

如今一切都不同了

我们四散他乡
他关闭门户，不关心甜头和苦尾
她在白纸上写下生活又抹掉
你偶尔一阵怅然——
曾经，我们那样坐在台阶上看黄昏消逝

# 虚构一棵柠檬树

如今
我耽溺于虚构一棵
父母亲手种下的柠檬树
虚构一阵风，让枝丫摇晃
让木叶窸窣散落
父母蹲着腰身，面对面
收拢一片片落叶

在故乡与他乡的三岔路口
在父亲垂钓的池塘边
在祖屋周围
在母亲清扫的庭院里
我虚构一棵棵柠檬树

一年又一年
父母坟头的柠檬树枝丫繁茂
母亲在树下手搭凉棚
眺望远方
父亲在树下看书写字，虚构人间
踉跄剧目

# 开始是没有影子的

黄昏时分，操场跑道上

开始是没有影子的

浅色深色衣服上的汗渍

同样清晰

经过不停地模仿，超越，倒退和

逆行之后

影子一点点出现，越来越长

直至覆盖一切

偶尔有不知道从何处而来的光

照见某张面孔清晰的瞬间

或许，这是星光出现前的

至暗时刻

或许，再多等一会

黑暗就会像幕布一样

缓缓拉开

成倍的影子跃动如星月闪烁

## 你不能说这样不美好

午后，我们从一个小说
聊到两个城市的秋天
枫树林，咖啡馆，老巷
还有虚构的悬铃木

去年夏天的暴雨令人怀念
哗哗哗，哗哗哗
打在中华路 22 号的瓦片上
硕大，热烈
像盛宴

另一个午后
在五里店路 9 号
火星招待所像一道岁月的折痕
我们把它摊开
小格子间便江湖喧腾
光明撕开黑暗，或者
寒风推倒栅栏
哪一条命途都沉浮不定又

活色生香


那个午夜你还记得吗
在三里店昏暗的路灯下
你说野生野长的童年
她说跌跌撞撞的爱情
我念一段日记
风无端地吹
夜晚无端地惆怅


你留下的花草都向着阳光
你用过的杯子、墨水
你发自格尔木的明信片
都很安静
有时，你曾经的格子间
会让我突然难过
但你不能说这样不美好

# 那个午后

那个午后

我是先看到灵棚搭起来，才看到

讣告的

当嘈杂与低泣在院子里突然响起时

我正在看某一本书

正为书中的某个隐喻寻求解释

我下楼，绕过花圈、挽联，听到

窃窃哀叹：才五十多岁，听说还是个作家。

小院入口的墙上贴了张讣告

我回头，长时间地看着灵棚上的遗像

比现实要年轻安详的黑白面容啊

这个五十多岁的男人

曾与我在这个小院子无数次相遇

他温暖的手

曾无数次地停在我女儿小小的额头上

一个月前

为了一盆怒放的三角梅

他还追赶着卖花车在风中奔跑

# 八 月

八月有很多美好的事

比如葡萄熟了

木瓜在风中恣意晃荡

比如她来到陌生小镇

看见身穿黑衣的百岁老人

在屋檐下穿针引线

他们用方言说你好就像

鸟雀在树上鸟鸣


八月，在陌生小镇

她遇到很多美好的事

比如甘蔗有黑亮的皮肤

玉米露出金牙齿

比如三个背着花书包的孩子

带她跃过岩石

指认复活草和火麻

# 盲人按摩店

这对夫妻开了一家盲人按摩店
男人瘦长，长年戴着墨镜
女人肥胖，巴眨着
白多于黑的眼睛，扯着嗓门说话

那天，男人给我按头：你睡眠太差了。
女人给我按脚：这么瘦，把我的肉给你一点多好！
洗衣机里，水哗哗地响
男人轻叹气：都说两个人的衣服，放一挡就够了。你
总是不听，浪费水。
女人豪气地笑：水哗哗响着好听！

他们叫我翻过身来
我看见男人为我铺毛巾，女人
为我垫枕头
动作配合得就像是一个人

电视里放着冗长的剧目
他们偶尔会对某句台词加以讨论

更多的时候是叨家常

女人说：老李的儿媳妇生了个娃，可漂亮了！

男人扑哧一笑：好像你能看见一样。

女人恼怒了：你就是个木头！我真是瞎了眼！

男人又哧一笑：你还真是因为瞎了眼才嫁给我的。


定时闹钟响起时

他们同时恭声：您的按摩时间到了。

我看到男人搬张椅子坐到电视机前

女人嗒嗒嗒向洗衣机走去

她捞出几件衣裳，往门口的细绳上挂

啪的一声，又啪的一声

男人唉一声：你又这样，挂一件掉一件。

女人转头，白多于黑的眼睛

准确无误地瞪着男人：谁叫你乱换绳的位置！我根本

感觉不到它在哪里！

男人又唉一声：好了好了。大不了再洗一次。反正

你喜欢听哗哗响。

# 燃烧的雪

我总在梦里飞翔
你说：飞得更北一些吧

那向北之地
白桦树笔直，椋鸟成群
草原上的雏菊
没有一朵不想念童年

你总是走进我梦中的飞翔。

你说：飞得更北一些吧
那里有燃烧的大雪
那里的风
只是安静地从背后吹过

# 天凉了

她一直记得那个午后
那场突然的北风
让普陀路飞沙走石
布那咖啡右边窗台上
绿色花瓶被吹落
啪的一声

她记得那个服务生
有棕色眼睛，他平视的样子
似乎在试图回忆
似乎想说服自己，多年后
转身就能回到童年

她记得流浪汉在唱歌——
"白蝴蝶有伤口，天
正慢慢变凉。"
天凉了，她想起那件绿毛衣

# 未来的人

她来到虚构已久的空旷的八楼

写作，阅读，看电影

阳光中，总有一团阴影适合遐想

某个未来的人

透过半圆形的落地玻璃

她看见八楼以下的车辆、行人

看见树梢在风中摇摆

她知道鸟儿就停在上面，知道

对于摇晃树梢

鸟儿和风是不一样的

救护车呜呜呜叫着但看不见车身

洒水车欢畅的歌声传来但看不见车身

一个头戴宽檐帽的男子和一个穿红裙子的女人

先后消失于街角

或许，他们很快就紧紧地拥抱在一起

更远的楼顶，是一座花园

有时，会有一个陌生的身影突然地

从花丛中站起

打碎阳光里的那团阴影

# 如何在风中

如何在风中
在十一月最冷的一天
颠簸摇晃，涌进陌生城市
观看一场
复制生活的剧目

"请出示健康码
戴上面具，病号手环。"

终于，艳红灯幕打开
条纹病号服上场
白大褂、诊断书上场
药物持有者
在滴答漏水的卫生间看见
重叠的悲伤
角落里的逆行者，被光追着——

这一刻的世界
需要隐秘而自由的脊梁

缝补撕裂的肉身，赎救
痛哭的魂灵

"请出示健康码
卸下面具，病号手环。"

灯幕慢慢灰暗
来不及拽出剧目的呼喊
如影子跌落风中
失控摇晃，涌进陌生城市
点燃十月最冷的灰烬——

病毒弥漫的这一刻的世界
需要伟大的虚构
燃烧，毁灭，再猎猎
重生

# 过 往

这么多年来

他守着角落里的青苔

执着地等一道缝隙中的光

他还像当年那么瘦

只是不再奔跑

偶尔出门，他会受惊似的举起右手

挡住突然到来的晃亮

这么多年来

喧扰像一只聒噪的乌鸦

而他缄默

并死死拽住试图冲破缄默的灵魂

他拒绝与相册里那个穿着大喇叭裤

烫着爆炸头的青年相认

他低着头对女儿说：过往已经

一笔勾销。

有人举灯而来

他摇摇头——

曾经跑在人潮最前端的那个青年

尖锐的骨头正慢慢变软
从此，他执着于黑暗中数自己
微弱的影子

# 东去吧，像流水一样

你就要往东去
像流水一样

我陪你再走一遍
重复的路
叫错了名字的桥
再去踢踢
人行道上的那颗石子

数一数，四年了
四年前
你骑着明黄色自行车，追云朵
单纯，坚定

那个痛苦的黄昏是什么时候开始的？
泪水一滴接一滴
无法掩饰。小饭馆人来人往
泪水它不想掩饰

四年，一点一点地滑入深渊
拉锯，煎熬，消耗
时间翻来覆去
却只能看见命运浮动的影子

乌黑的雪是什么时候突然落下的？
再也看不见明黄色的追赶
风一阵又一阵，吹黄昏里枯槁的影子
吹无枝的麻雀

是时候反手给命运一击了——
工作进度表，一日一毕清单
扔进碎纸机
电话撕掉，药片丢掉
身后那面玻璃
再看不见一枚被鞭甩的陀螺的影子

然后，东去吧
像流水一样

# 寒 露

午后
她煮好茶，端到桌子上
热气一点点漫起
小花猫对着镜子里的自己扑击
头撞到玻璃时它嗷一声，后退
再继续
但对于扑击自己
小花猫并没有反复多久
毕竟它是神秘的术士。毕竟
玻璃又冷又硬
她和他面对面坐着
偶尔看看四处伏击的小术士
偶尔看看
镜子里的自己和对方
茶慢慢变凉了
茶总会变凉的，像这天气一样

# 破 灭

提起灯，去哪里呢

这一个个夜晚

你曾经用脚绊倒奔逃的小偷，怒斥

在等绿灯时若无其事地把垃圾抛于车外的皮卡司机

你无畏白眼和喷骂，一次次地阻止那些

用鞋底教训孩子的母亲

你曾经拉着一个盲女过马路，与她一起指认

属于自己的绿色影子

岔路口上徘徊的少年，你拥抱过

朋友背后的暗箭，你抵挡过

在桥洞下痛哭的醉汉，你陪伴过

你为弥留之际的病榻哀求过死神

歉收田地上的每一棵稗草

都是你卑微的亲人

你曾经相信正义犹如相信人类的骨头

直到那天，在是与非之间

法槌软软落下

发不出一点声音

提起灯，去哪里呢
这一个个夜晚

# 剥洋葱

她在厨房剥洋葱

紫红的外衣，一层又一层被剥落

她泪眼婆娑

黄昏的微光在楼宇间掠过

再过那么一小会

这仅有的余晖，就要一点一点地

掉到天界外

或许有另一种光出现，比如

月亮，星辰

或许，从来不曾有一种光

可以替代另一种

天马上就黑了

洋葱一瓣瓣堆在案板上

互相重叠，挤压

想到生活中努力抱团的一个个日子

一颗颗被包裹庇护的心

打散往往就在一瞬间，往往

不费力气

她便泪眼婆娑

像悲伤突然袭来的虚谎的帮凶

# 那么多影子就这样站着

那么多影子就这样站着

站在黑夜中

替一根根软骨头

那么多理想破碎又黏合

替一双双缝补的手

感谢那场逆向的风吧

感谢它为命运够不着的救赎拍打

拍打这墙这窗门这歉收的田地

还在乎什么坏消息呢

既然那么多悲伤叠着悲伤，怯懦

叠着怯懦的影子

已经这样坚挺地站着，站在

黑夜中

# 白茫茫

这一天，暖阳从枝丫掉落

恍惚，斑驳

城郊红色步道上

小男孩气喘吁吁地蹬着儿童车上坡

再尖叫着冲下坡

他回头，满脸汗水

他满脸汗水地回头，却等不来

去年路人的热烈欢呼

这疫年里，白茫茫的不是人海

是空出来的冬日

# 流 逝

终于
最后一颗星辰跌落天际

夏末初秋
缓慢的凉攀着空枝
抵达窗棂
风抵达，攀着黑夜的梦呓

最后一颗星辰跌落天际
寂静如大海，如孤岛

终于
失眠者听见了缄默的呼吸，以及
流水穿行于时光的寂静回响

# 小 雪

恰好是这天。
从十万米高空的舷窗往外看
一片白——
抖动的白，翻滚的白，拉扯的白，拥抱的白
怎么可能是小雪呢
小雪怎么可能如此挤满天空呢

# 遗 言

我死后

不要讣告

所有涉嫌造假的句子，不要给我

不要一场雨中的葬礼

不要悼词，绕圈，鞠躬，凝固的泪

这些被死神俯视的隐喻

生前我见过，写过。死后

我要独自守着自己的亡灵


躁动聒噪了几个晚上的乌鸦

歇息吧


我死后

不要墓地墓碑以及任何形式的

虚妄的居所

父母赐予的 206 块骨头

我一生都保持了它们应有的硬度

我死后

请让它们在烈火中焚烧
请把我终生不曾曲迎的灰烬
埋在笔直的树下

# 哑 剧

金禾宫大酒店里
五名身穿灰衣的女工
正在清洁落地玻璃
五双手默默地从左到右，由上至下
微光中
尘埃纷飞，跌落
与灰衣上的汗渍融为一体

越来越晃亮了，耀眼的阳光
甚至穿透了玻璃
令人有瞬间的眩晕
越来越透明了
五个灰身影
被清晰地投到玻璃上，再反折回地面
像一部缓慢的哑剧

# 他走了

我并没有很意外。

这些年
他一直摇摇欲坠
细小的身躯承受疾病，苦痛
形单影只
在独居的屋宇里，一阵风
紧紧抱住他犹如
抱住一件空荡荡的衣裳

今天他走了
离开了我们粗糙的肉身
告别的坡道上
影子在走动犹如他
多年来想大声痛诉却始终缄默的命运
以及刺猬铠甲下的软心肠

# 在未知世界里

今天，未知世界里

下雨，下风，下多余的影子

还记得那个小镇吗

那个小镇还记得十月的绿皮火车吗

还有人手拿橘子站在

昏暗路灯下吗

今天，未知世界里

一场小雪从八楼飘落，缓慢，柔软

没有风吹过

没有唰唰声

## 那时年少

那些午后
他过江，上台阶，过打铁铺烟草铺
来拍打她的院门
她打开叠成六角形的纸片
蓝的，黄的，红的
但一个字也没有

他的棕色眼睛真深啊
她不由得后退
生怕跌入，有去无回
一阵江风吹来
书页打开
她大声念：花有很多种方向
他接着：枝丫在自由生长

那时年少，世界很好
但有一条江，有无数台阶
但暮晚总来得太快
最后一班轮渡的汽笛声就要响了

# 七宗罪


她有黑色的充满毒液的喉舌
因为她傲慢嫉妒暴怒懒惰贪婪暴食色欲


她流淌着黑色的充满毒液的血
因为她傲慢嫉妒暴怒懒惰贪婪暴食色欲


她把无辜者送进监狱
弱小胆怯的善良被她倒提着
为了得到每一条捷径的密码
她随身携刀，窥探贩卖人间隐私
把冷箭插入朋友的后背时
她的狂笑让屋宇战栗


她的心、肝、肺在慢慢变黑色
因为她傲慢嫉妒暴怒懒惰贪婪暴食色欲


黑色的脏器被毒液侵蚀、腐烂
她空空的肉身里装着沉重的罪孽
她沉重的罪恶的肉身

激怒了人类的骨头


她被绑在人类的耻辱柱上
诸神宣判：你将被自己射出的毒箭
反噬致死，因为你犯下的
不止七宗罪。

# 乌鸦沉默

雨下了很多天

滴答，滴答，滴答

树杈上

一只乌鸦在张望：这天空沉湿

何处可飞翔？

它卸下了翅膀

无处可去的蚂蚁躲在树洞里

讨论一块面包的多种吃法

它们不知道仓廪已空

这最后的食粮，就要

长满绿毛

连上帝都褪掉了灰袍，还需要

什么预言？

乌鸦咬掉舌头，停止了

聒噪

# 天 使

偏头痛发作的时候

我能看见天使，或于天台俯瞰

或在枝丫上随风摇晃

她跟着救护车和消防车奔跑

轻轻托起上坡者的背负

她撒下星辰让婴儿安眠，逝者的叹息

她收入安魂瓶

今夜，她跃到我窗前：你为何有这

满纸的悲伤？

我失去了父母，又失去了朋友

我眼睁睁看着洪灾带走一片片家园，疫情

再次阻隔自由的呼吸

那么多乌鸦拍打着黑夜的枝条，那么多

黑夜的枝条跌落如栅栏坍塌

她小心地折起我满纸的悲伤：我为世间的偏头痛

带来了有限的良药。

# 油菜花开了

翻进那家精神病院的围墙
是她隐秘而长久的想法

或者身穿白大褂，或者
身穿条纹衫
（随上帝高兴）

每天，见证或创造
惊慌失措，离经叛道，天真烂漫

当油菜花盛开
她咣当打开铁门（经上帝同意）
看长褂子们

随风奔跑
个个活泼而甜美

# 立 冬

父亲头七这天
正好是立冬

"立冬小雪十收田"
记得某个夜晚
父亲在病榻上把二十四节气歌谣
一字不差地背出来
他背一句
哥哥在纸上记一句
父亲走后
那张纸再也找不见

# 看一部战争电影

终于，少年用钢琴声把炮火声覆盖

世界陷入了安静

德国少女走过来轻声唱和，把乐谱

翻到下一页


耶稣在上方，家乡在远方

少年站在战争的中心，一脸惊惶

入伍前，他学的是一分钟

打六十个字

而不是对一堆尸体练习扫射


但战争让孩子拿起武器

少年在准星里看到一张比他还年轻的脸庞

像他一样蓝的瞳孔

深海般地突然铺满天空

他闭上眼睛

就在这瞬间，发自深海的燃烧弹

让他的战友变成烈焰

终于，哭泣的少年绕开战友的尸体
走向钢琴
没有哪一阵琴声能够覆盖炮火
但德国少女的歌声让人想起巧克力
想起家乡的玫瑰园

# 那样的夏夜

母亲临终前两天晚上
我们兄妹在大门外
哥哥吸烟，我端着茶
夜风吹来，树叶
簌簌响
夜幕里，浮影起起落落
似乎草木弯下腰又直起身
烟头火星明灭，茶在慢慢变凉
身后，是父亲
生前看书写作的窗台

四年前，也是这样的夏夜
我们也这样站着
抽烟，喝茶
时不时，我们往窗里看一看
陷于谵妄的父亲
在床榻上模糊不清地喃喃
偶尔，我们会对父亲的只言片语加以猜测
争执不休

这时母亲便走过来：他在说那边的话呢。
几天后，父亲去了那边
与父亲做了六十四年夫妻的母亲
把一只鞋丢到岔路口，告诉父亲：从此
我们阴阳两断。

母亲走后
我经常梦到那样的夏夜
我们兄妹在世界的两面来回穿梭
像幼儿时，一边嬉闹一边
等着父母带去辨认鸟雀，果蔬，烟尘
以及吹过岔路口的每一阵风声

# 深 井

多年来，失眠像一口深井
她跌落，跌落
却一直跌不到底

曾经
偏头痛带来的幻觉——
无边的绿草地，白绒绒的羊群
治愈了她的失眠症
那是她身怀胎儿即将成为母亲的时候
一个被上帝偏爱的小生命
把她短暂地救出深井

多年来
她一次又一次地想找到那片绿草地
以及上帝安排的羊群
但每夜每夜
一个声音对她耳语：
不要试探黑夜的灯盏，不要让野蔷薇
知道自身的火焰

她提着野蔷薇的火焰在深井中

跌落，跌落

她知道，总是一阵风过后

偏头痛就开始发作

星辰就低下了头

上帝的羊群就掠过了绿草地

# 恋爱事故

她在他身边来回忙碌着

行李箱张大口子

像一间空荡荡的房子等待被填满

他斜着身子坐在铁皮椅子上

看着她以及她的影子

影子有时快有时慢，晃得他发慌

他左手在铁皮椅子上击打

发出沉闷的砰砰声

两年前

他们从旧货市场把这张椅子淘回来

开始了被她喻为

后工业时代的浪漫

他们没想到浪漫就像是海水

涨得快退得也迅猛

"什么时候回来？"

他左手继续击打着椅子

砰砰砰，砰砰砰

"不知道。也许几天，也许

不回来了。"

直到她拉着行李往外走，他始终
斜着身子坐在那里
在她回头说再见的瞬间
他甚至
甜蜜地笑了笑

# 那 天

那天

她穿着缀满花骨朵的婚纱

独自走过中山中路

那么多车那么多人啊

都停下来看她

她头上那朵硕大的石丝竹

仿佛突然被一阵春风迎面吹来

跃动、茫然又俏皮

这就对了

她不要玫瑰，不要百合

只要那夏日里突然地吹起春风

多年以后有人仍记得

那天

没有多余的细节

只有一个身穿婚纱的女人

独自走过喧哗的午后

# 家 乡

你让我写一写家乡
我说如今它未必认识我
我对它，也未必有
比儿时那条羊肠小道更宽阔的记忆
在那遥远的小山村
唯一刻于我骨血中的人，这世上
唯一的父母
已埋于土下

那条羊肠小道，已长满杂草。

我如何让你明白
此刻说故乡
就像是，一只鸟雀
在寒冬里求一条栖身的枝丫而不得
一个孤儿
在黑暗的羊肠小道索一丁点照路的灯火
而不得

我的故乡，已埋于土下

# 抵 达

她喜欢趴着栏杆，看远处
那片芦苇

芦苇一点点变白
她知道，它们成片倒伏时
秋天就快过完了

秋天快过完时
风越来越像一个急躁的人
根本安静不下来

她趴着栏杆，等风安静下来
等芦苇成片倒伏

# 这个春天

这个春天
一只天堂鸟俯冲直下
大地燃烧，暗哑
哀恸的风
有名有姓。我来不及
遇见你

你把命运交给一只黑匣子
把灵魂
交给另一只黑匣子

这个春天
一百三十二只俯冲的天堂鸟
翅翼跌落
万物低头，静默
离别山高海深，我来不及
遇见你

向上飞吧，天堂明亮。

我在世间

替你爱每一个来不及的春天

替每一阵风

喊有名有姓的你。直到

我终于遇见你

# 人间幕剧

整整三个月了

老黄狗卧于门前

忧伤地看着床上的老人

曾经，老人每天带它在乡间散步

腰间别的看戏机播放着彩调

一路咿呀扬抑

它陪老人把草木瓜果一棵棵种下

细心地侍候它们

每天，院子里虫鸣隐绕

风来时

草木婆娑，瓜果摇晃

如今，老人卧于病榻

认不出床前人，听不懂床前话

时不时

他不耐烦地手拍床栏

似乎嫌人间这幕剧

过于冗长

每天，悲伤的影子进进出出

而老黄狗

始终安静地卧在门口

一动不动

# 在衡阳等车

杏林堂，华融证券，肯德基，妇婴用品，10元店

娄衡招待所，摩的，人力车

在衡阳火车站附近

这些店铺被我看了好多遍

我没有一个亲人，但我的脚步

就像要回家吃午饭一样

对面街道，一棵不知名的大树

让我停了下来

我要给这棵大树起一个名字

像奶奶的手帕那么亲切

像过年时母亲打开五斗柜时那么惊喜

然后靠着它

靠着它繁茂木叶覆盖下的阴凉

把写到第十一页的日记

续下去

# 她梦见自己变成一个影子

她梦见自己变成一个影子

悬挂在走廊下

走过的人，有的抬头惊呼

有的发问：是影子还是衣服？

走过的人，有的只是

走过

走廊空荡深长

看不到头

偶尔有风来

她便左右摇晃

像一件失去主人的衣服

# 当你说我是天使

当你说我是天使，是

风中飞翔的天使

我茫然又惊惶

这些年

我在尘世被各种风吹着

或轻或重地吹着

我认得它潮湿而厌倦的春天脸庞

夏天它疯狂而炽烈的脾气

我记得秋天里

它高而薄地行走，走到

冬天门前，它的嗓门又大又冷

这些年

我在尘世中奔走

或轻或重的风，吹过

绿的山峦黄的木叶

——吹过我

而我不曾生出翅膀

# 仿佛疼痛

## ——致拉金

此刻

我在一个陌生城市的火车站

等向北的列车

向北的列车将在三个小时后嘶鸣而来

三个小时像浓缩而喧嚣的一生

我读你的诗——

诗集的某一页，你双手交叠，笑容

像一枚憨豆

而黑色镜框里，你双眼低垂

几乎要闭合

我为此惊讶——

你隐匿了你惯有的嘲讽与悲伤

我以最低音朗诵你

两个小孩在大堂里跑动嬉闹，脸上

布满细密的汗珠

一对情侣从电梯里出来，亲密地搂抱

当男子的眼神越过女友投到我身上

我想起你凭空举行的那场婚礼
"仿佛疼痛；的确疼痛，想起
这场哑剧……"
——在时光的消解与补偿中
我奋力赶往你的盛年

而哑剧就要拉上帷幕
而欲望总是令人厌恶而专横
我合上书，闭上眼——
仿佛疼痛
的确疼痛——

我想起早上起床时
一只麻雀在窗台安静地停留
我走近它，喊它
它只是
轻轻地抬了抬小而尖的脸

## 如果我爱你

如果我爱你，我要先爱上

这个午后——

风从远处吹过来，在阳台

犹疑。在重叠的灰影子中停留

在我的头发与情绪中拍打

——风从远处吹过来

从书本里翻出海浪、星云和一个

隐秘的呼唤

午后的阳光里，云雀在低飞

你左手羞怯地平放，右手

打翻了慌乱的茶杯

——如果我爱你

我要先爱上

这一阵阵的慌乱